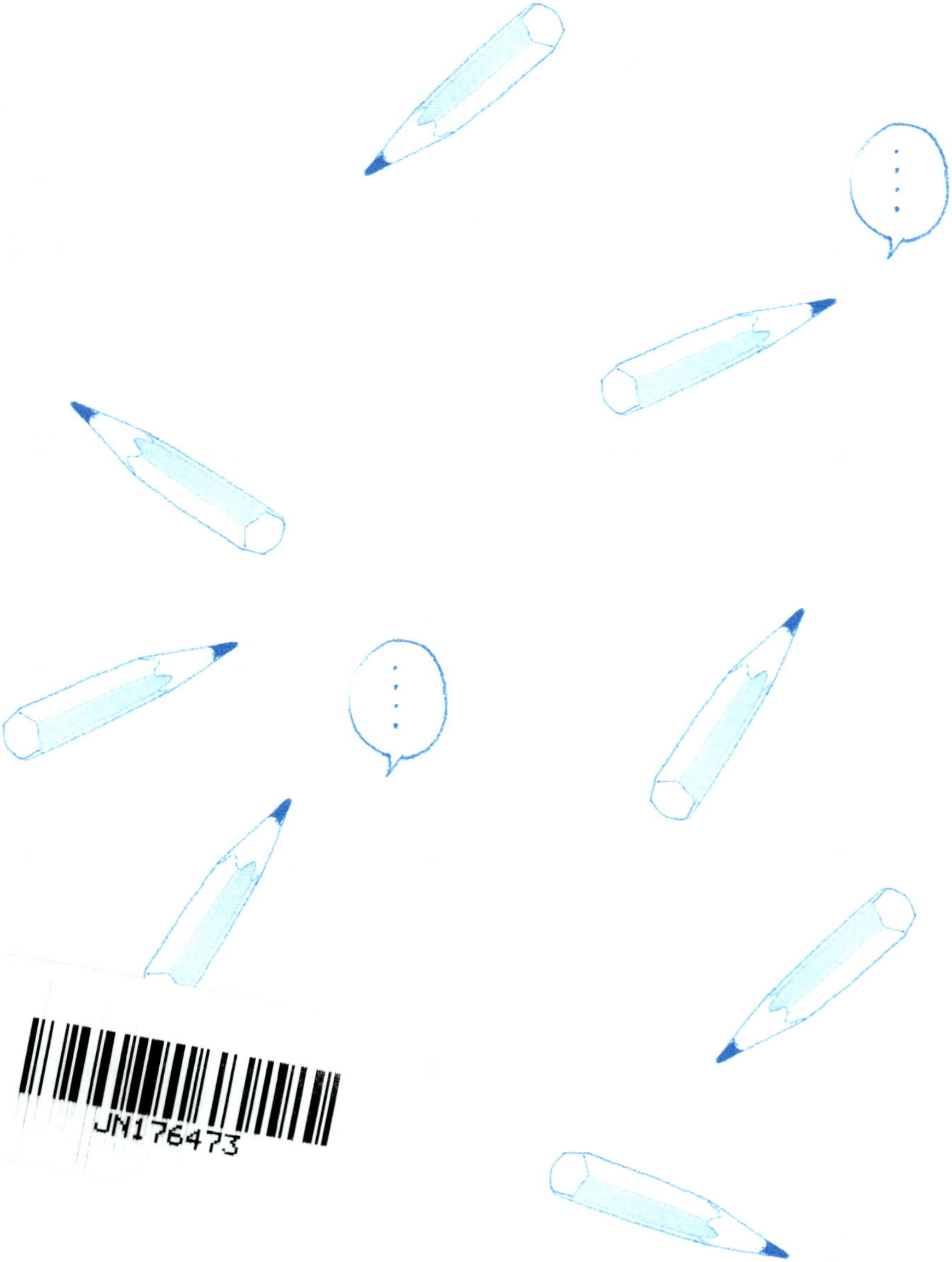

えんぴつ太《た》郎《ろう》のぼうけん

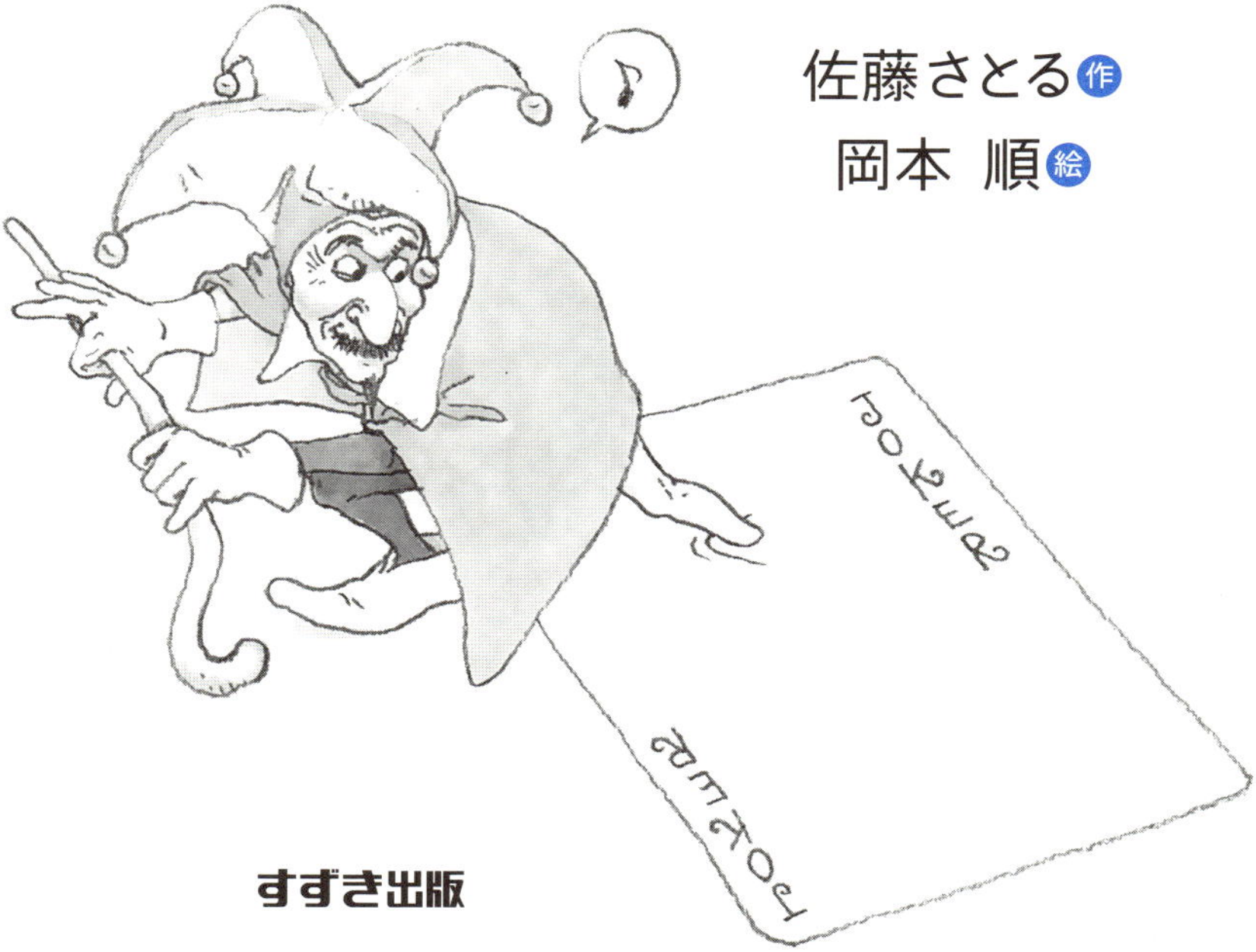

佐藤さとる 作
岡本 順 絵

すずき出版

これから　はじめるのは、えんぴつのはなしです。
このえんぴつは、もともと　おとうさんが　つかっていました。
はんぶんぐらいになったとき、
男《おとこ》の子《こ》が　もらって　つかいました。
とても　かきよい　えんぴつだったので、
男《おとこ》の子《こ》は、すっかり　えんぴつが　気《き》に入《い》って、
名《な》まえを　つけました。
『えんぴつ太郎《たろう》』という　名《な》まえです。
でも、えんぴつ太郎《たろう》は、つかわれているうちに、
だんだん　みじかくなって、とうとう

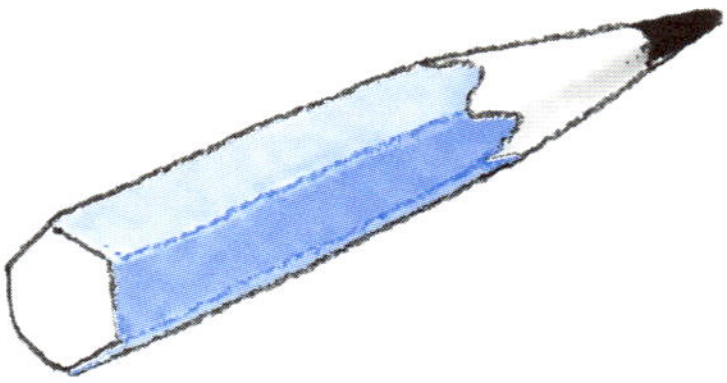

えんぴつけずりでも　けずれないほどになりました。
男《おとこ》の子《こ》は、あたらしい　ながいえんぴつを　もらいました。
そして、みじかくなった　小《こ》ゆびほどのえんぴつ太郎《たろう》を、
おもちゃのじどう車《しゃ》に　のせて　あそびました。
じどう車《しゃ》が、つくえの下《した》に　入《はい》っていって、
とん、と、かべに　つきあたりました。
えんぴつ太郎《たろう》は、じどう車《しゃ》から　とび出《だ》して、
つくえのうしろの　せまいすきまに、
ころがりこんでしまいました。
さて、おはなしは　ここから　はじまるのです。

「あいた。」
だれかが　びっくりしたような
こえを　あげました。
「だれだい、いきなり
ぶつかってきたのは。」
しりもちを　ついたまま、
もんくを　いったのは、
あやしい小人《こびと》でした。

くろいマントを　すっぽり　きて、
まほうつかいのような
まがりくねったつえを　もった　小人《こびと》です。
「あらら、なんだ、えんぴつか。
えんぴつのくせに、なにを　あわてているんだ。」
そこで　小人《こびと》は、よっこらしょっと
立《た》ち上《あ》がりました。

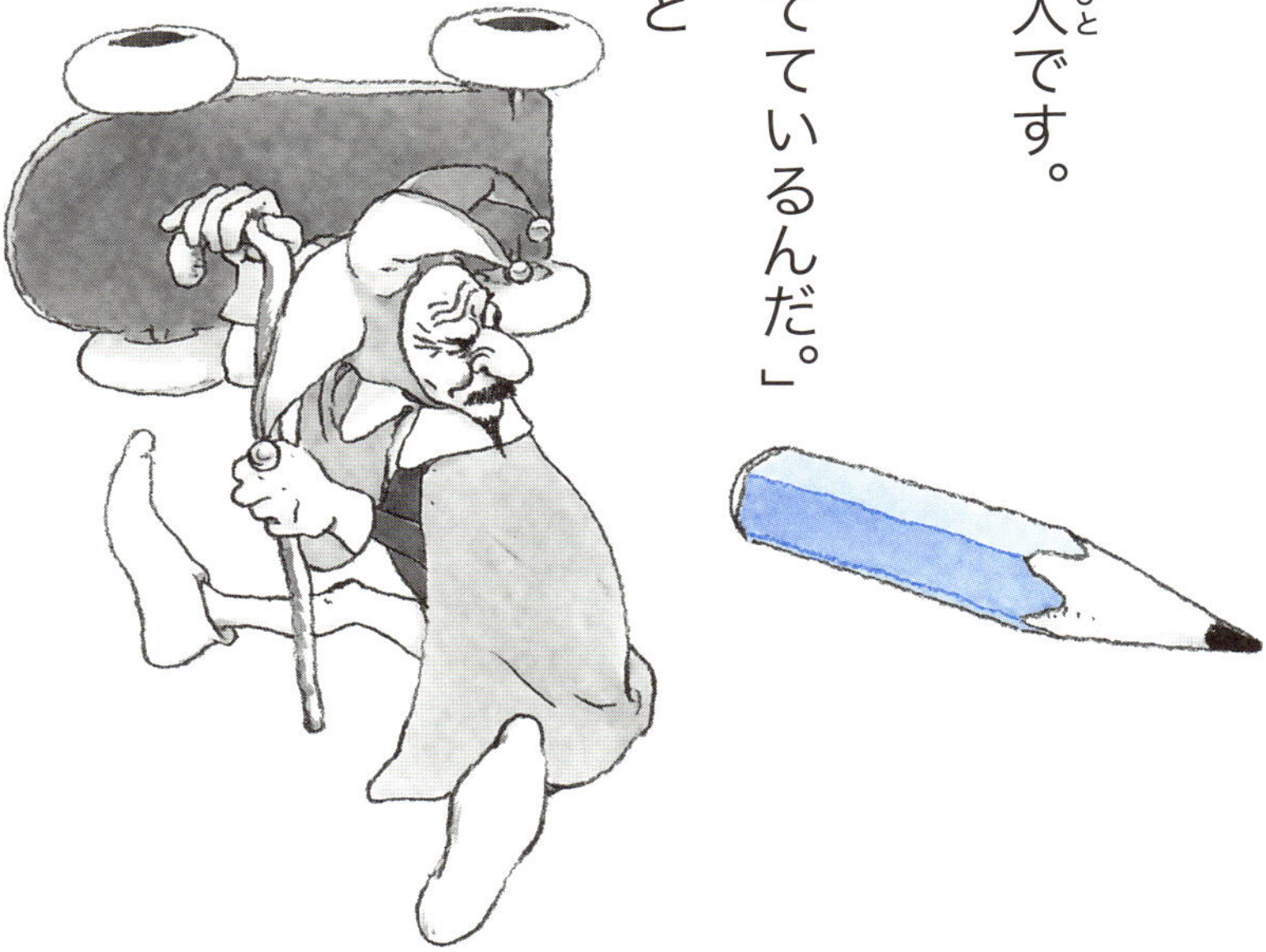

立《た》ってみると、せのたかさは　えんぴつ太郎《たろう》のながさと
あまり　ちがいません。
「おい、こんな　せまいところに　ねてないで、
さっさと　おきたら　どうだ。じゃまで　しょうがない。」
そんなこといったって、えんぴつ太郎《たろう》は　ねたままです。
すると、あやしい小人《こびと》は、えんぴつ太郎《たろう》を
つえで　つつきながら、かけごえを　かけました。
「ええい、おきろ、ええい。」
どうやら　まほうを　かけているようです。
やっぱり　まほうつかいなのでしょうか。

じり、じりりっ、じりじりじりじりっと、えんぴつ太郎《たろう》が　うごきました。
そして、ひょいと　ゆかの上《うえ》に　立《た》ちました。

「それ、もう　ひといき。ううん。」

また　うなりながら、つえを　えんぴつ太郎《たろう》のまえで
くるくる　まわしました。

とたんに、ピョッピョッと　音《おと》がして、
えんぴつ太郎《たろう》に　ほそい手《て》が　出《で》ました。と　おもったら、また
ピョッピョッと　音《おと》がして、こんどは　足《あし》が　とび出《だ》しました。

　おしまいに、まるいはなが　ついて、
目《め》と口《くち》と耳《みみ》が　つきました。

「ほらほら、ぼんやりしてないで、
なんとか　あいさつぐらいしたら　どうかね。」

あやしい小人《こびと》は　大《おお》いばりです。

「は、は、はい。」

えんぴつ太郎《たろう》は、目《め》を　ぱちくりさせました。

むりもありません。口《くち》を　きくのは　これが　はじめてですからね。

「どうも、こんにちは。」

そういって、ていねいに　おじぎを　しました。

「ああ。」

あいては　あごを　まえに　つき出《だ》して　こたえました。

「さ、これで　おまえには　足《あし》も　ついたし、目《め》も　ついた。

だから　とっとこ　あるいて、どこへでも　いっておくれ。

ここは　わたしのとおりみちなんだから。」

「はい、そうします。」

えんぴつ太郎《たろう》は、すなおに　こたえましたが、
ひとつだけ　たずねてみました。

「もしかしたら、あなたは
まほうつかいですか。」

「いやいや。」

まがりくねったつえを　もちなおして、

あやしい小人《こびと》は　いいました。
「そう見《み》えるかもしれないが、
わたしは　まほうつかいとは
ちょっと　ちがう。」
「でも、いま、ぼくに
まほうを　かけてくれたでしょ。」
「まあな。
だが、たいしたまほうじゃない。
ほんとのことを　いうと、
わたしは　トランプのジョーカーなのさ。」

「なんのなんですって？」
おもわず、えんぴつ太郎《たろう》は
ききかえしました。
「トランプのジョーカー。」
「ああ　わかった。
ばばぬきあそびのとき、
ばばになる　ふだでしょう。」
えんぴつ太郎《たろう》は　ものしりです。
にこにこしながら　そういうと、
あいては　いやなかおを　しました。

「ばばとは　なんだ、
ばばとは。
ジョーカーと　いいなさい。
だいたい、
ばばぬきっていうあそびは
トランプあそびの中《なか》でも、
いちばん　くだらないあそびだ。」
「ごめんなさい。」
あわてて　えんぴつ太郎《たろう》は
あやまりました。

「でも、その、ば……いや、ジョーカーが、
どうして　ふだから　ぬけ出《だ》して　あるきまわっているんです?」
「わたしはね、ずっとまえ、一《いち》まいだけ
つくえのうしろに　おちたんだ。
さいわい　だれも　さがしに　こないんで、
こうやって　ときどき　ぬけ出《だ》しては、
さんぽを　たのしむっていうわけさ。」
「なるほど、なるほど。」

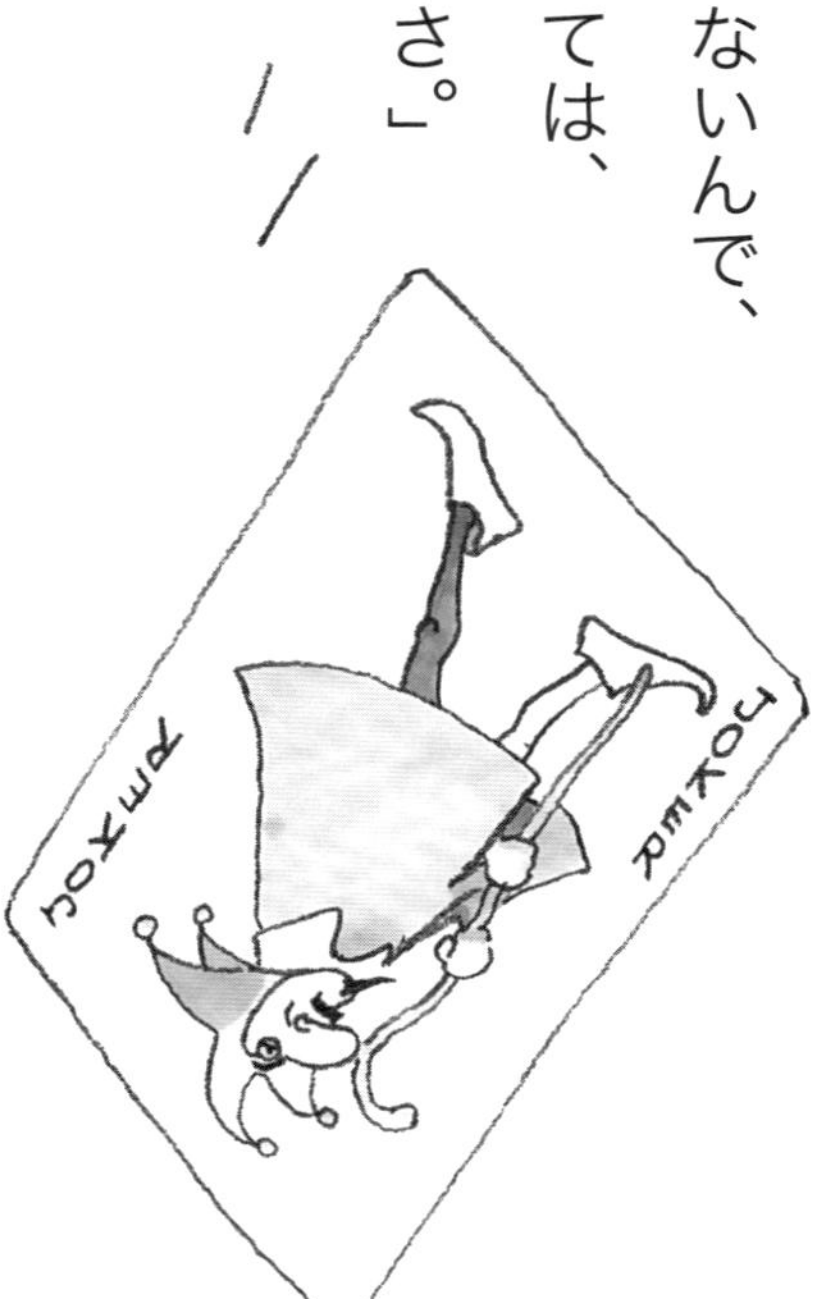

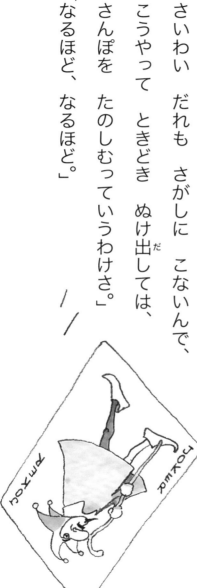

「つまり、トランプのジョーカーっていうのは、
トランプのふだの中《なか》では、いちばんつよくて、
なんでもできる力《ちから》が　ある。
やさしいまほうぐらい　ちゃんと　つかえるのさ。」
「すごいんですねえ、ジョーカーって。」
「そうだとも。」
ジョーカーは、また　あごを　つき出《だ》して　いばりました。
そこで　えんぴつ太郎《たろう》は、
もうひとつ　ぺこりと　おじぎを　して、
つくえの下《した》から　あかるいほうへ、出《で》ていきました。

そのえんぴつ太郎《たろう》の目《め》のまえで、
大《おお》きな目玉《めだま》が　きらりと　ひかりました。
えんぴつ太郎《たろう》は、ぎょっとして　立《た》ちどまりました。
大《おお》きな大《おお》きな　ばけもの、と、
えんぴつ太郎《たろう》は　おもったのですが、
ほんとうは　こねこでした。
あっというまに、こねこは
えんぴつ太郎《たろう》めがけて
とびかかりました。

もし、これが　こねこでなくて、
おやねこのほうだったら、
えんぴつ太郎《たろう》も　つかまって、
ガリガリ　かじられてしまったでしょう。
せっかく　つけてもらった手《て》も　足《あし》も、たちまち　ちぎれて、
もとの　ちびえんぴつに　もどってしまったかもわかりません。

ところが、えんぴつ太郎《たろう》は　あぶなく
ねこのつめの下《した》を　くぐって、
そのまま　よこっとびに　にげました。
へやのすみには　とだなが　ありました。
うれしいことに、とが　すこし　あいています。
むちゅうで　えんぴつ太郎《たろう》は、とのすきまから
くらい　とだなの中《なか》へ　とびこみました。

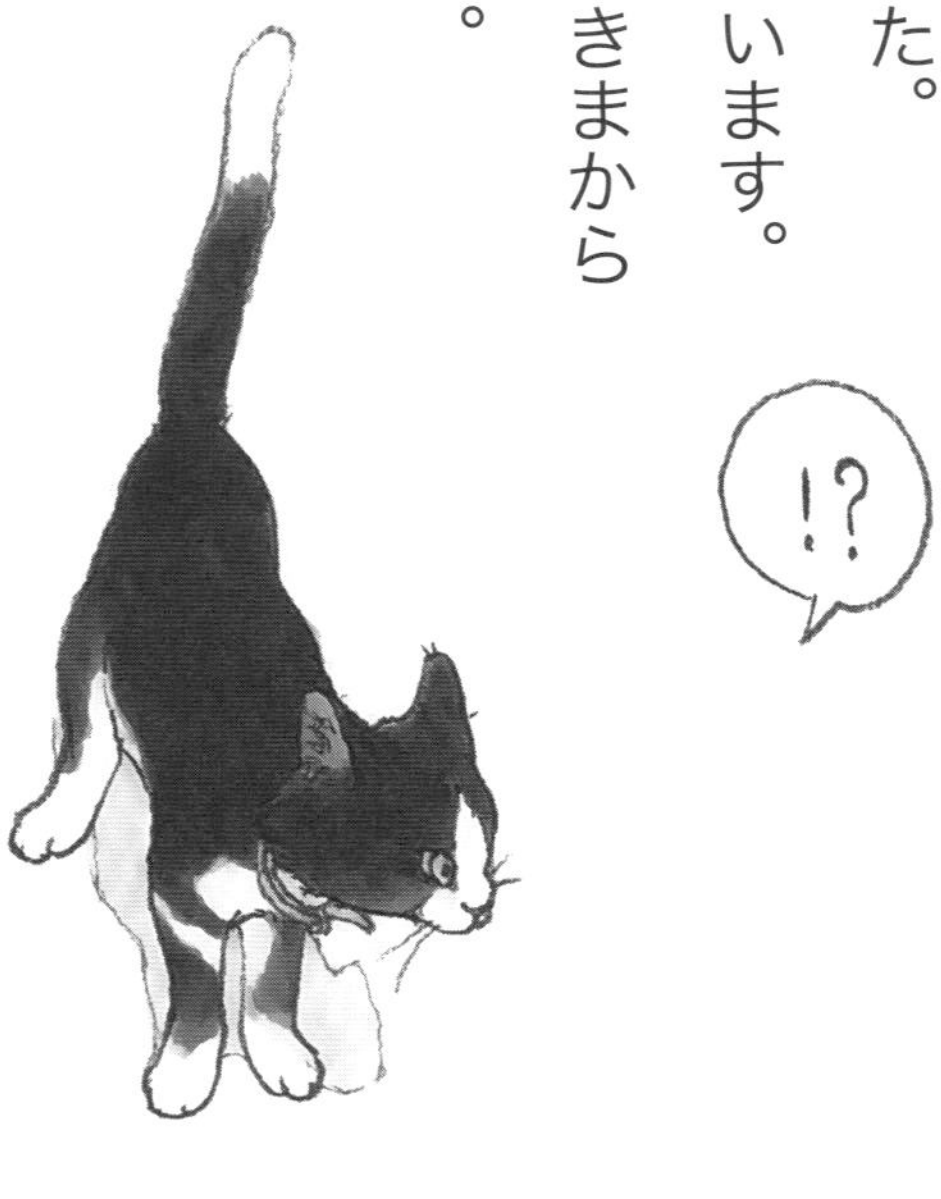

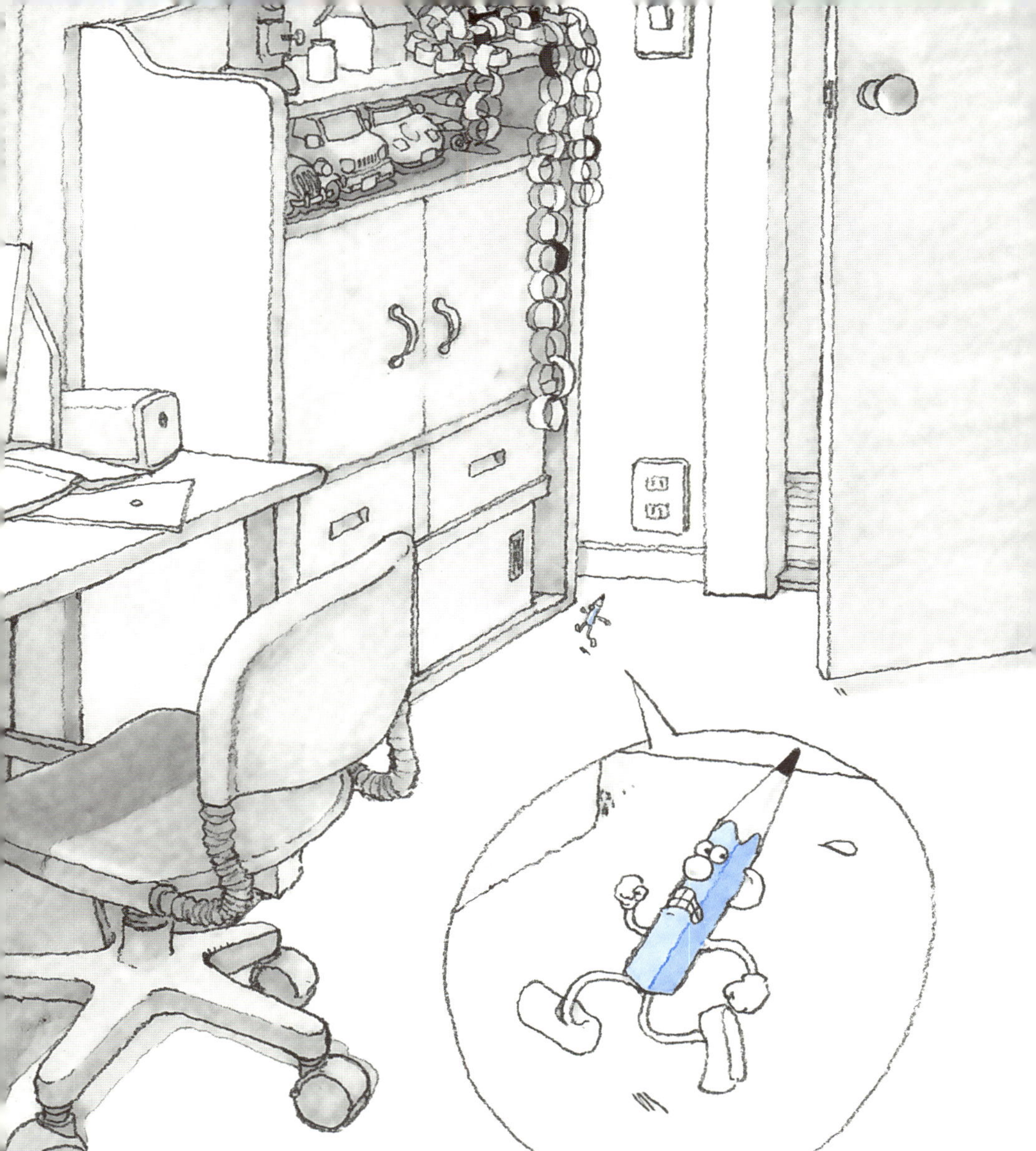

「ひゃあ、たすかった。」
がっくりと　ひざを　ついて、おもわず　そうつぶやきました。
すると、ふいに　どこからか　こえが　しました。
「おかしなえんぴつだな。手足《てあし》が　ついてるなんて。
おい、いったい　どうした。」
えんぴつ太郎《たろう》は　ぐるっと　あたりを　見《み》まわしました。
うすぐらくて　よくわかりませんが、とだなの中《なか》には、
ボールがみのはこが　いっぱい　つめこんであります。
「おいおい、こっちだ。」
とのほうを　ふりかえって　見《み》たら、すみっこに、

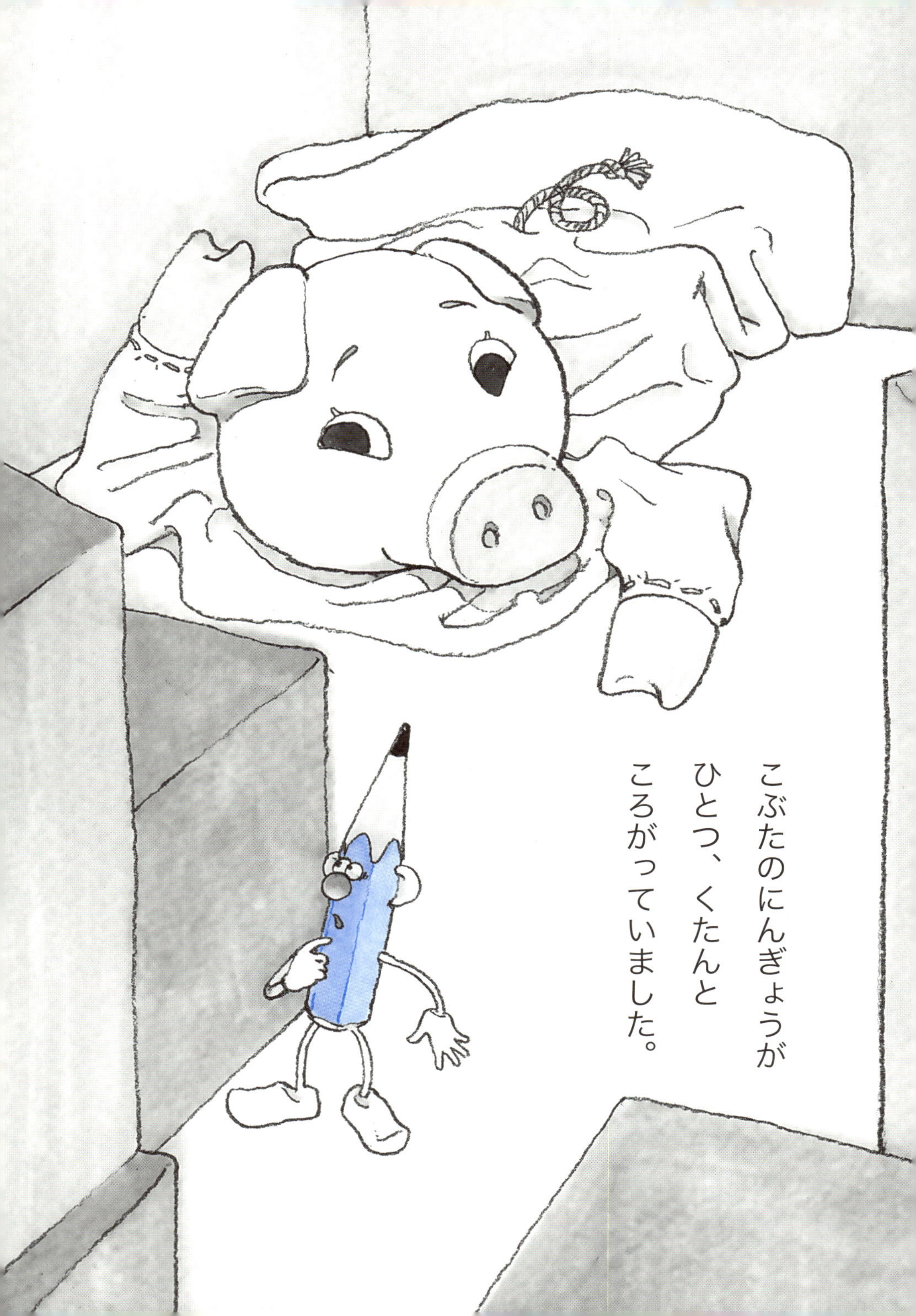

こぶたのにんぎょうが
ひとつ、くたんと
ころがっていました。

えんぴつ太郎《たろう》より、ずっと大《おお》きくて、
いま　おいかけられた　こねこほども　ありましたが、
よく見《み》ると、このにんぎょうには　うしろ足《あし》が　ありません。
おなかのあたりも　ぶたのくせに　まるで　ぺしゃんこです。
えんぴつ太郎《たろう》は　ふしぎにおもって　ききました。
「きみ、こわれた　にんぎょうなのか。」
すると、こぶたのにんぎょうは　わらいながら　こたえました。
「こわれちゃいないよ。ぼくは　ゆびにんぎょうだからね。
もともと　足《あし》なんか　ついていないし、
おなかも　はじめから　からっぽに　できている。」

「なんだ。そうだったのか。」
ゆびにんぎょうなら、えんぴつ太郎《たろう》も
もちろん　よくしっていました。
にんげんの手《て》に　はめて、うごかしてあそぶ　にんぎょうです。
「でも、きみ、ゆびにんぎょうが
なぜ　こんなところに　いるんだい。
おもちゃばこに　いるはずじゃないか。」
「うん、そうなんだけど……。」

ふいに、こぶたのゆびにんぎょうは
かなしそうなこえに　なりました。

「このうちのぼうやは、わすれんぼで　こまるんだ。

いつだったたか、ぼくを　ここへ　ほうりこんだまま、
すっかり　わすれちゃったんだ。」

「ふうん。」

「そのくせ、ときどき　さがしまわっているんだぜ。

『あの　こぶたのゆびにんぎょう、どこへ　いっちゃったのかなあ』

なんて　いいながら。」

「ははあん。」

「だけど、ぼくは　じぶんで　出《で》ていくわけには　いかないし、
ぼくたちのこえは　にんげんに　きこえないし、
しかたがないから、見《み》つけてくれるまで
じっと　まっているんだ。」
「そうか。それは　どうも……
なんだか　気《き》のどくな　はなしだなあ。」
えんぴつ太郎《たろう》は、こころから　そうおもいました。
そこで、こんなことを　いったのです。

「こぶたのゆびにんぎょうくん、いいことがある。
ほら、ぼくは　えんぴつだし、
あたまのしんも、まだ　おれていない。
だから、わすれんぼのぼうやに、
手《て》がみを　かかないか。」
「手《て》がみ？」
「そうだよ。」
「そりゃ　いいかんがえだけど……。」
こぶたのゆびにんぎょうは、
こまったように　つぶやきました。

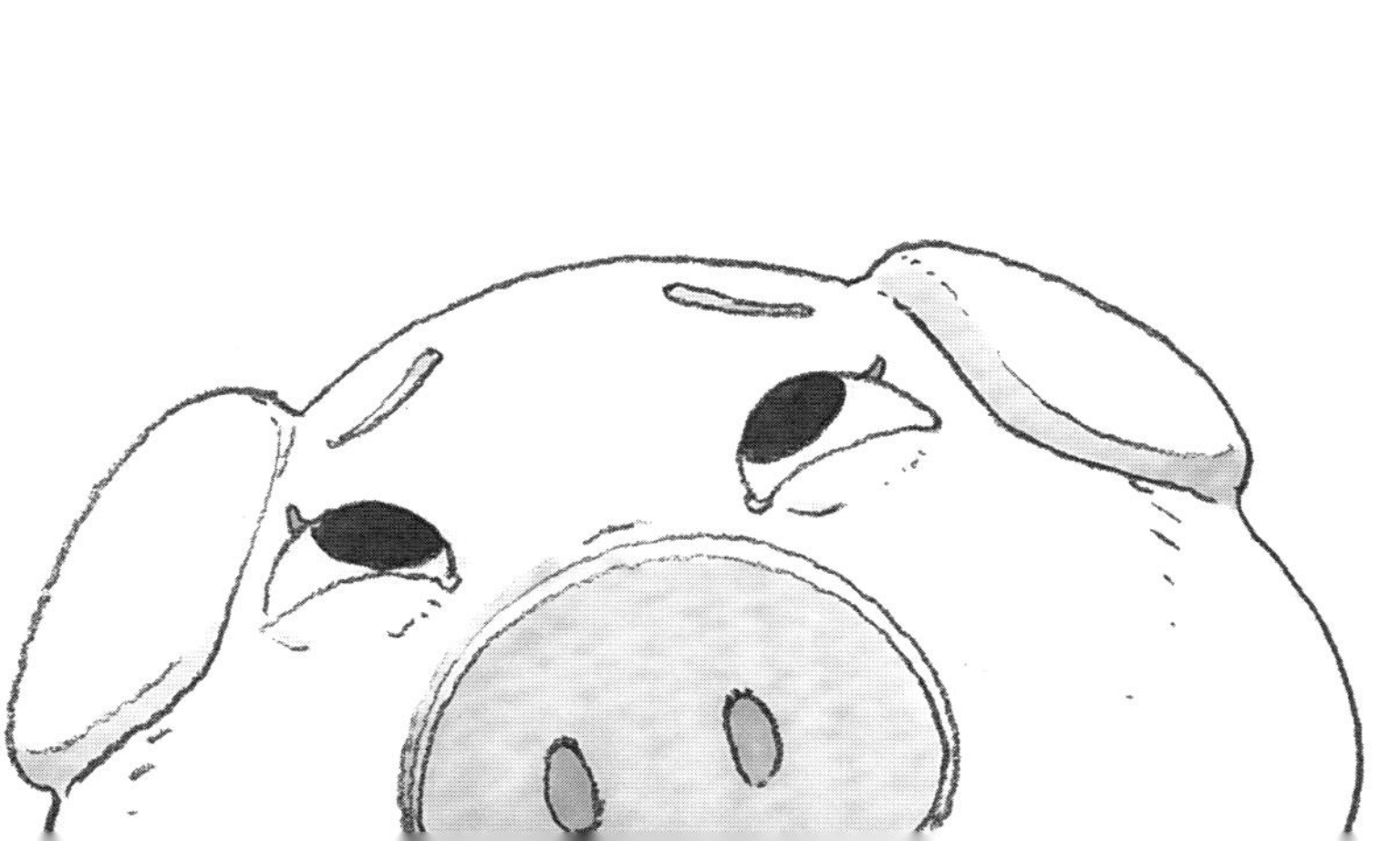

「ぼく、字《じ》を　しらないからなあ。」
「ぼくが　しってる。」
すこし　とくいになって、
えんぴつ太郎《たろう》は　じぶんを　ゆびさしました。
「ほら、こんなに　みじかくなるまで、
ぼくは　たくさん　たくさん　字《じ》を　かいてきたからね。
もちろん、えも　たくさん　かいたけど。
だから、手《て》がみぐらいなら　ぼくは　かけるとおもうよ。」
それを　きいた　こぶたのゆびにんぎょうは、
目《め》を　きらきら　かがやかせました。

「そうか、それは　いい。
きみ、すぐに　手《て》がみを　かいてくれ。」
そこで、えんぴつ太郎《たろう》は　さっそく　はこのつつみがみを
すこし　やぶりとって、
こぶたくんのために
手《て》がみを　かきました。

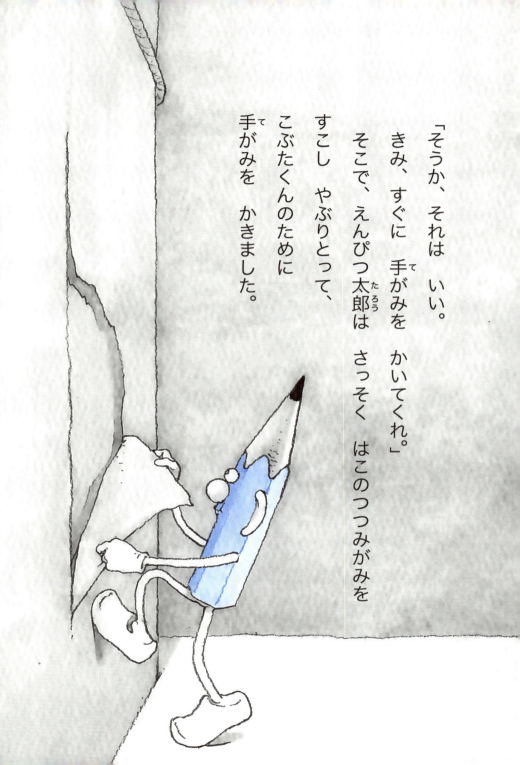

こぶたのゆびにんぎょ、
とだなに
いちばんしたのなか。
はやくさがしたら、
きっとあってます。

こんな　手《て》がみでした。すこし　おかしなところも　ありますが、
こぶたくんは　たいへん　よろこびました。
「たいしたもんだ。さすがに　えんぴつだけのことはある。」
そういって、すっかり　かんしんしました。

こぶたのゆ
んぎょ
とだなにしたの
いちばんした
はやくさがしたん
なや。

さて、この手《て》がみを　どうしたら　ぼうやに　わたせるでしょう。

二人《ふたり》は、一生《いっしょう》けんめい　あたまを　ひねって　かんがえました。

そのうちに、ふと　こぶたくんが　いいました。

「そうだ、手《て》がみなんだから、ポストに　入《い》れれば　いいんだ。」

「え？」

えんぴつ太郎《たろう》は、きょとんとしました。

「そんなこといったって　むりだよ、こぶたくん。

だいいち　ポストに　入《い》れるなら、
きってを　はらなきゃいけないし……。」

ものしりのえんぴつ太郎《たろう》が　そういいかけると、

こぶたくんは　わらいました。
「ほんものじゃない。このとだなの
てっぺんに、むかしのかたちの
まるい　小《ちい》さなポストが
おいてあるんだ。ほんとは
ちょ金《きん》ばこで、お金《かね》を
入《い》れるものなんだけど、ここのぼうやは
お金《かね》なんて　ひとつも　入《い》れてない。」
「でも、でも、そんな　おもちゃのポストなんかに、
手《て》がみを　入《い》れたって、あいてに　とどくはずないよ。」

「なあに、それが　とどくんだ。
ぼうやは、そのポストを　つかって、
ときどき
ゆうびんやさんごっこを　するんだ。
ほんものそっくりに　できていて、
ちゃんと　小《ちい》さなかぎで、
下《した》のほうのとびらも　ひらくようになっているんでね。」
「なるほど。」
「だから、そのポストに　手《て》がみを　入《い》れておけば、
いつか　きっと　あのぼうやは　よむよ。ぼく、しってるんだ。

こぶたくんは　わらいました。
「ほんものじゃない。このとだなの
てっぺんに、むかしのかたちの
まるい　小《ちい》さなポストが
おいてあるんだ。ほんとは
ちょ金《きん》ばこで、お金《かね》を
入《い》れるものなんだけど、ここのぼうやは
お金《かね》なんて　ひとつも　入《い》れてない。」
「でも、でも、そんな　おもちゃのポストなんかに、
手《て》がみを　入《い》れたって、あいてに　とどくはずないよ。」

「なあに、それが　とどくんだ。
ぼうやは、そのポストを　つかって、
ときどき
ゆうびんやさんごっこを　するんだ。
ほんものそっくりに　できていて、
ちゃんと　小《ちい》さなかぎで、
下《した》のほうのとびらも　ひらくようになっているんでね。」
「なるほど。」
「だから、そのポストに　手《て》がみを　入《い》れておけば、
いつか　きっと　あのぼうやは　よむよ。ぼく、しってるんだ。

あの子《こ》は、ゆうびんやさんごっこが　大《だい》すきなんだ。」

「よし　きた。」

えんぴつ太郎《たろう》は、すぐに　立《た》ち上《あ》がりました。

そして、手《て》がみを　おると、

おもてに　大《おお》きく　かきました。

ぼうやへ……

こぶたのゆびにんぎょより

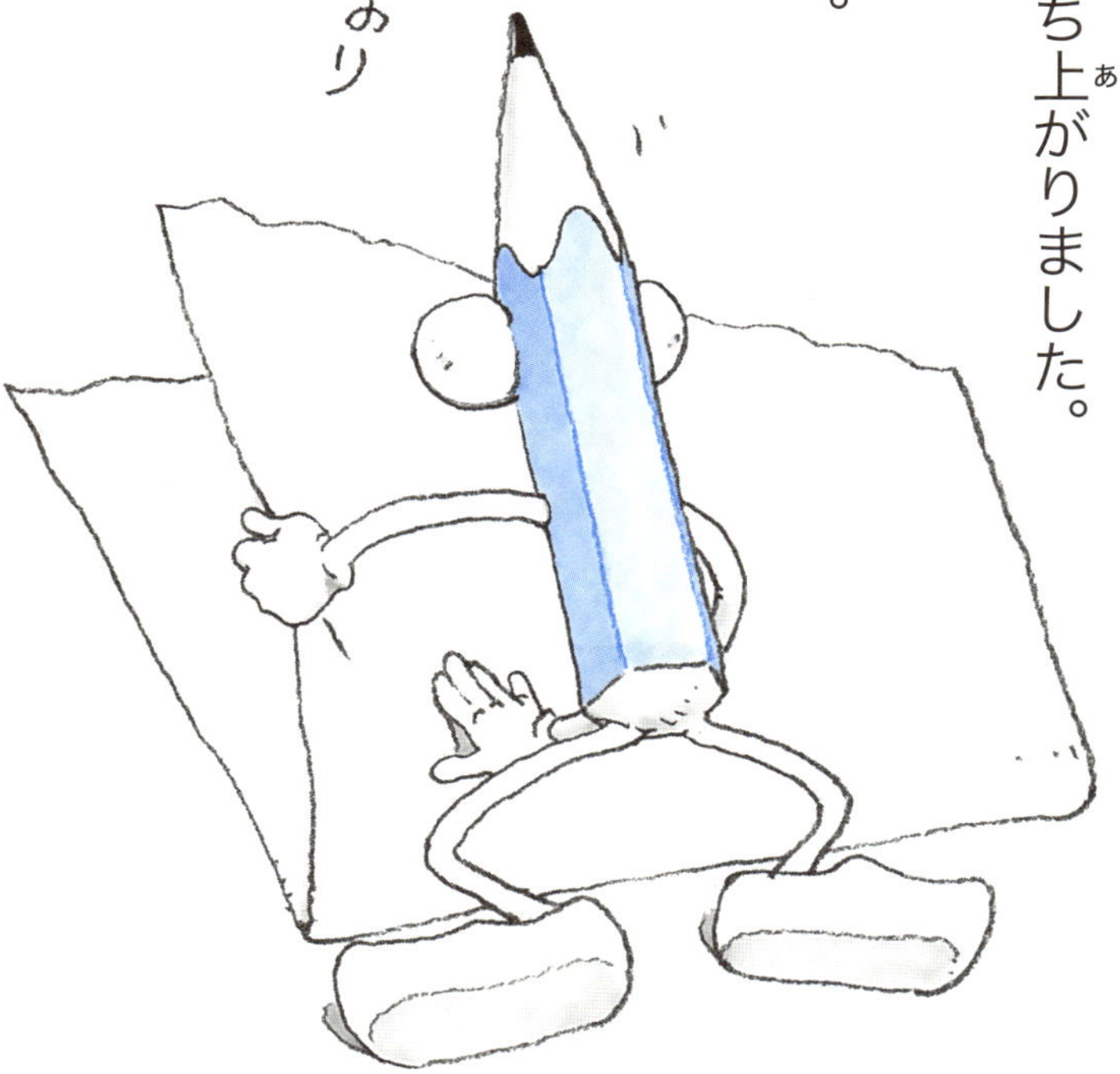

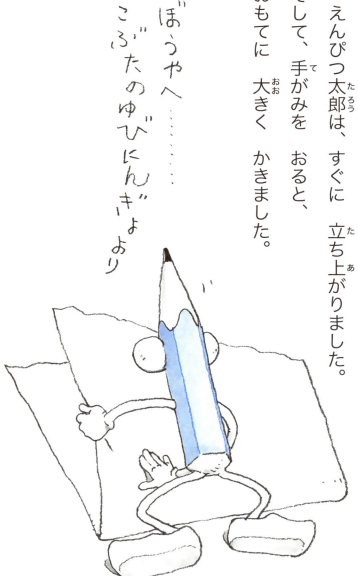

それから、ちょっと　とのすきまを　のぞいて、
あたりのようすを　うかがいました。
どうやら　ねこも　人《ひと》も　いないようです。
「では、手《て》がみを　ポストに　入《い》れてくる。
このとだなのてっぺんだね。」
こぶたくんに　おくられて、えんぴつ太郎《たろう》は、
さっと　とだなから　出《で》ました。
そして、手《て》がみを　口《くち》に　くわえると、
たかい　たかい　とだなを　よじのぼりはじめました。
一《いち》だん　のぼるのに、ずいぶん　かかりました。

二《に》だん目《め》を　のぼっているとき、もうすこしで
おちかかりました。
でも、ちょうどいいところに、
いろがみテープのわを　つないだ、
かみのくさりが　下《さ》がっていました。
それに　ぶら下《さ》がって　たすかりました。
あとは、その　かみのくさりを　つたって、
らくに　てっぺんまで　たどりついたのです。

とだなの上《うえ》から　ながめると、へやじゅうが　見《み》わたせました。
とだなのとなりに　つくえが　あって、
つくえの上《うえ》は　ごちゃごちゃです。
つくえのまえに　あかるいまどが　あります。
まどのそとでは、みどりのはっぱが、かぜに　ゆれていました。
ポストは、たなの上《うえ》の　はしのほうに　のっていました。
たしかに　こぶたくんが　いったとおり、
ほんもののそっくりでしたが、あいにく　えんぴつ太郎《たろう》より
ずっと　せが　たかくて、いくら　せのびしても、
ポストの口《くち》まで　手《て》が　とどきません。

そこで、えんぴつ太郎《たろう》は
ふみだいのかわりになるものを　さがしました。
からっぽの小《ちい》さなガラスびんが　ありました。
えいえいと、力《ちから》いっぱい　ひっぱりましたが
うごきません。
「ようし。」
こんどは、りょう足《あし》を　ふんばって　おしました。
ゴトンと、びんが　たおれました。
そうやって　たおしてしまえば、あとは
らくに　ころがしていけます。

POST

えんぴつ太郎《たろう》は、よこになった　びんを　ふみだいにして、
だいじな手《て》がみを　ポストに　入《い》れることが　できました。
と、おもったら、あきびんが
ぐらっと　ゆれました。
「おっと。」
ポストに　つかまったつもりでしたが、
つるりと　すべりました。
あっというまに、えんぴつ太郎《たろう》は
とだなの上《うえ》から　下《した》のゆかまで、
いっぺんに　ころがりおちてしまいました。

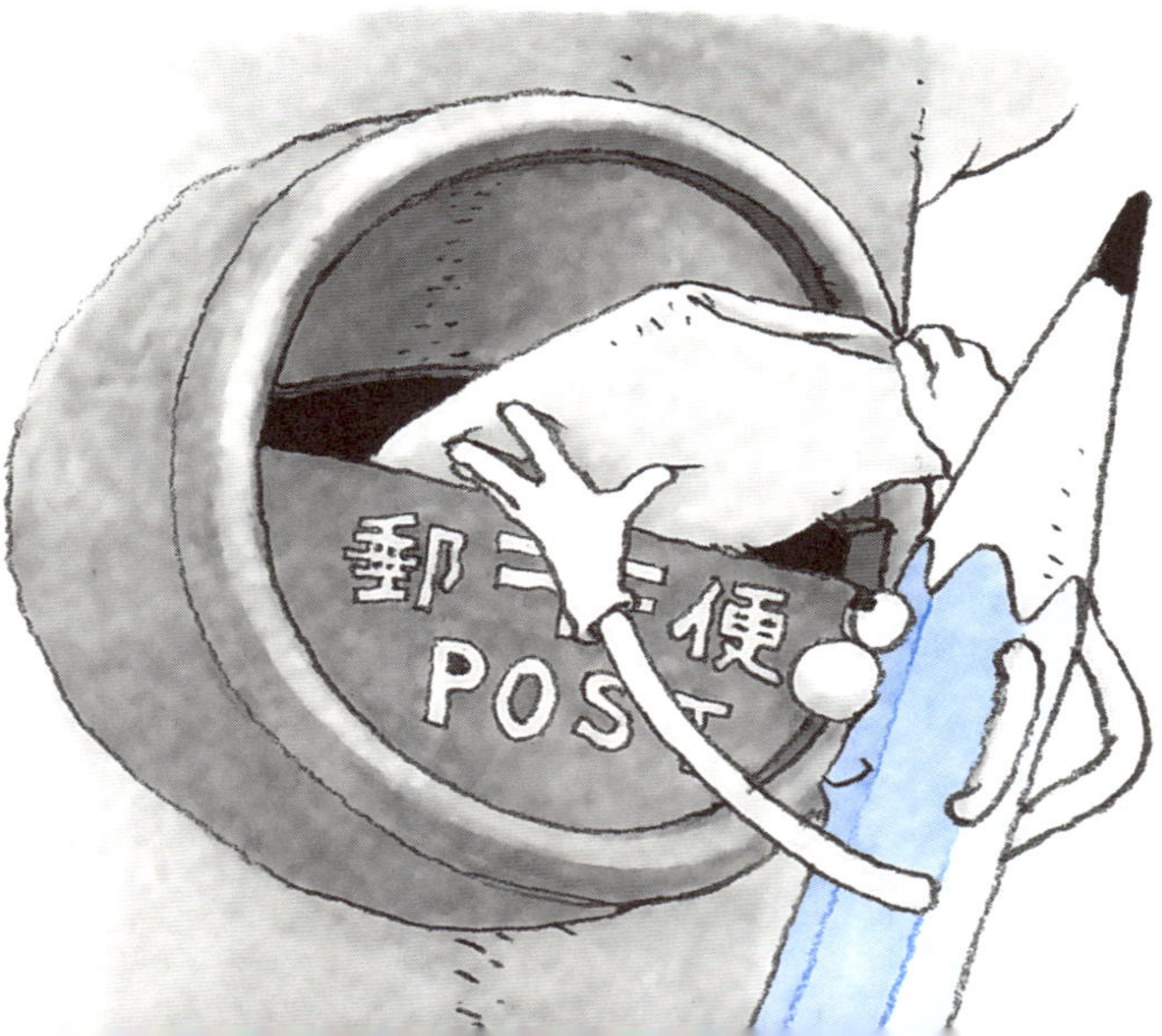

POST

えんぴつ太郎《たろう》は、よこになった　びんを　ふみだいにして、
だいじな手《て》がみを　ポストに　入《い》れることが　できました。
と、おもったら、あきびんが
ぐらっと　ゆれました。
「おっと。」
ポストに　つかまったつもりでしたが、
つるりと　すべりました。
あっというまに、えんぴつ太郎《たろう》は
とだなの上《うえ》から　下《した》のゆかまで、
いっぺんに　ころがりおちてしまいました。

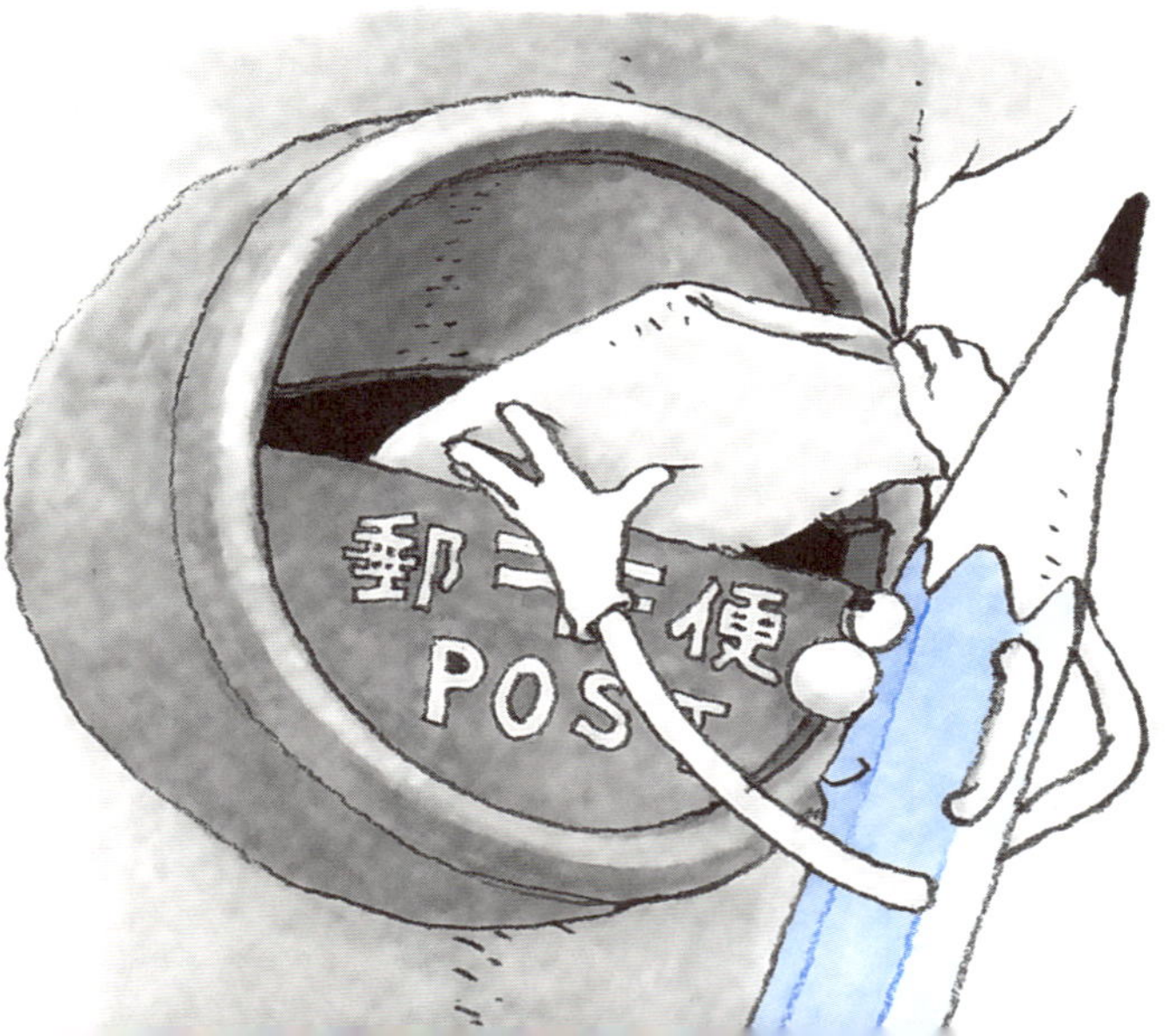

郵便
POST

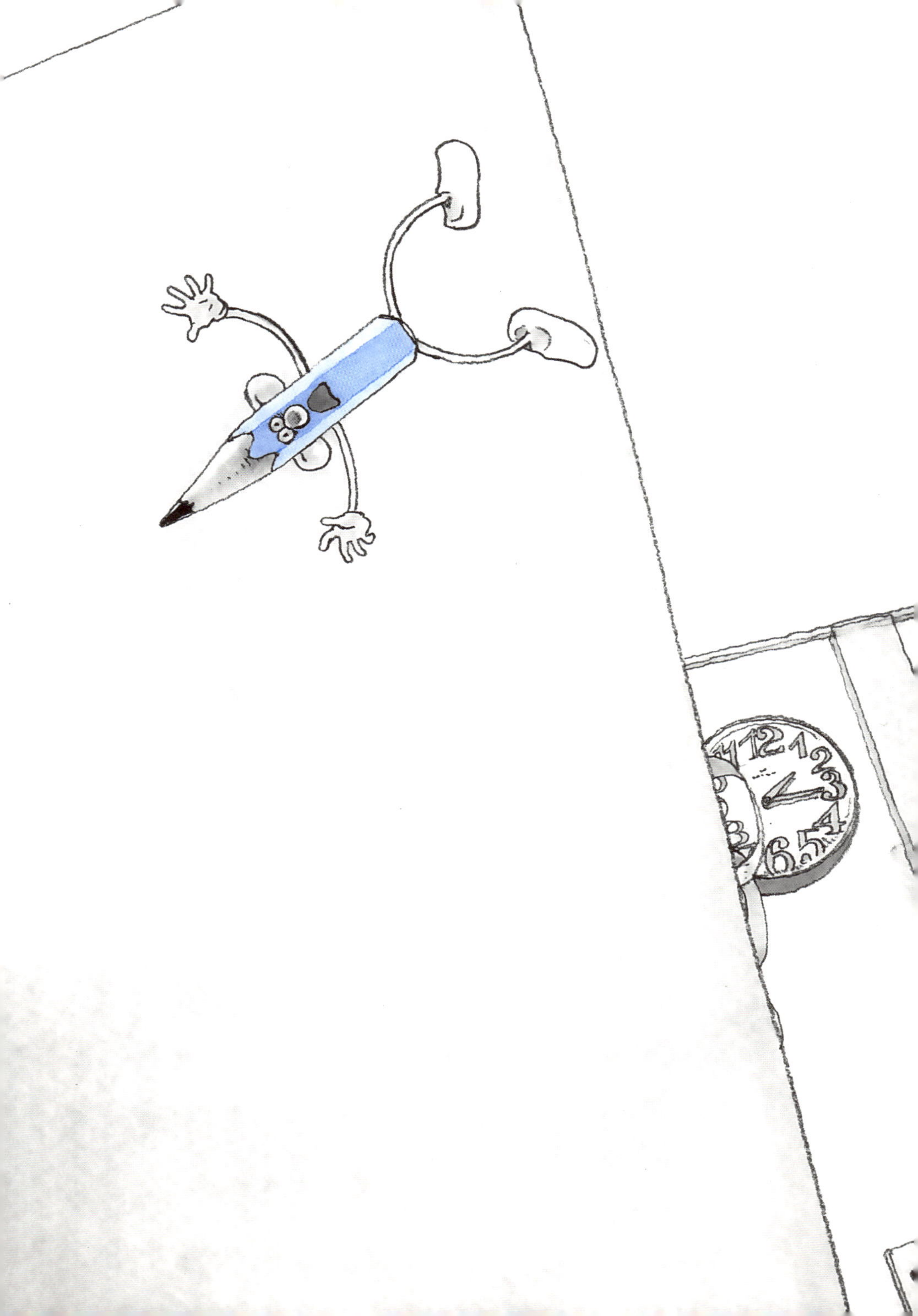

郵〒便
POST

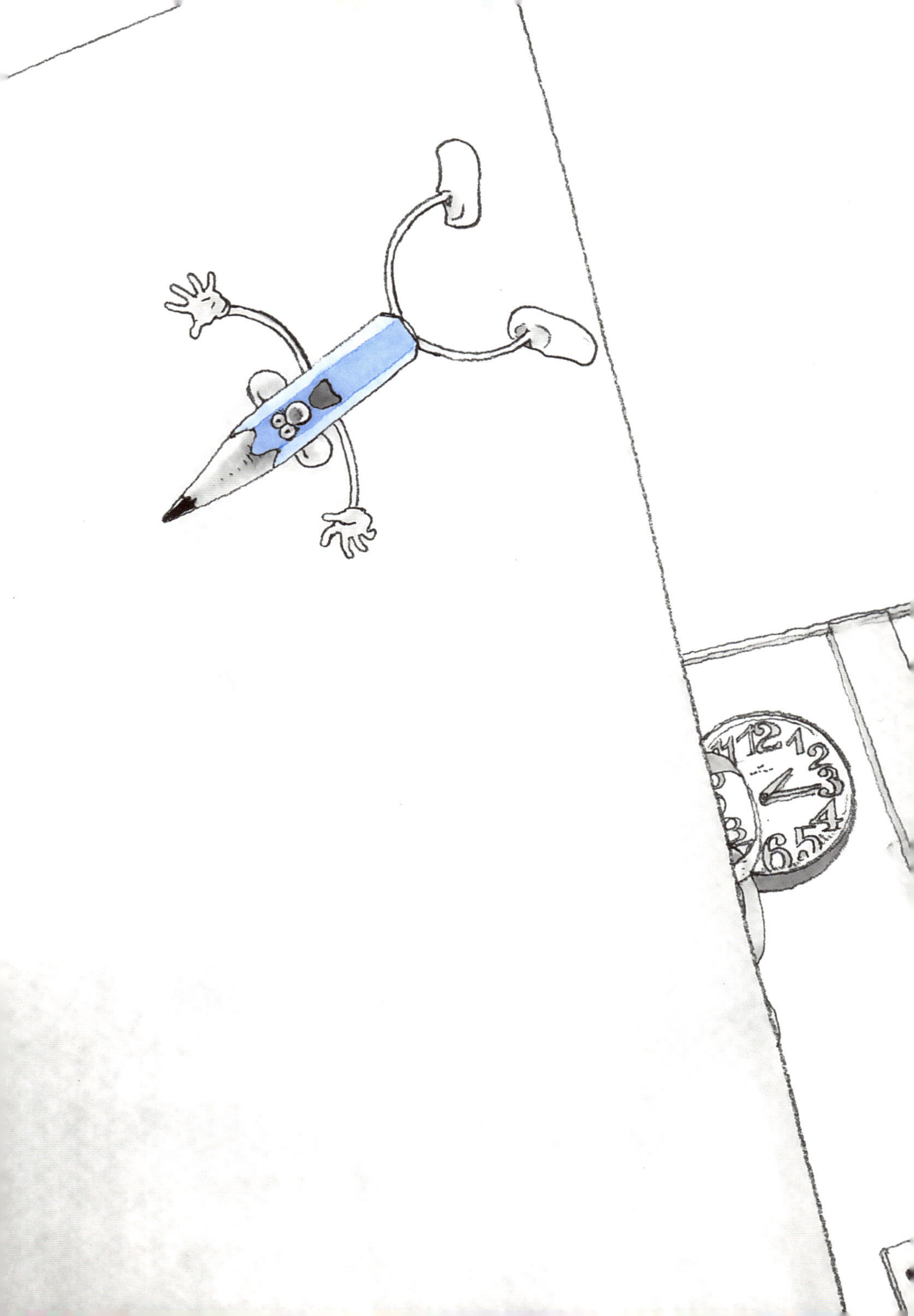

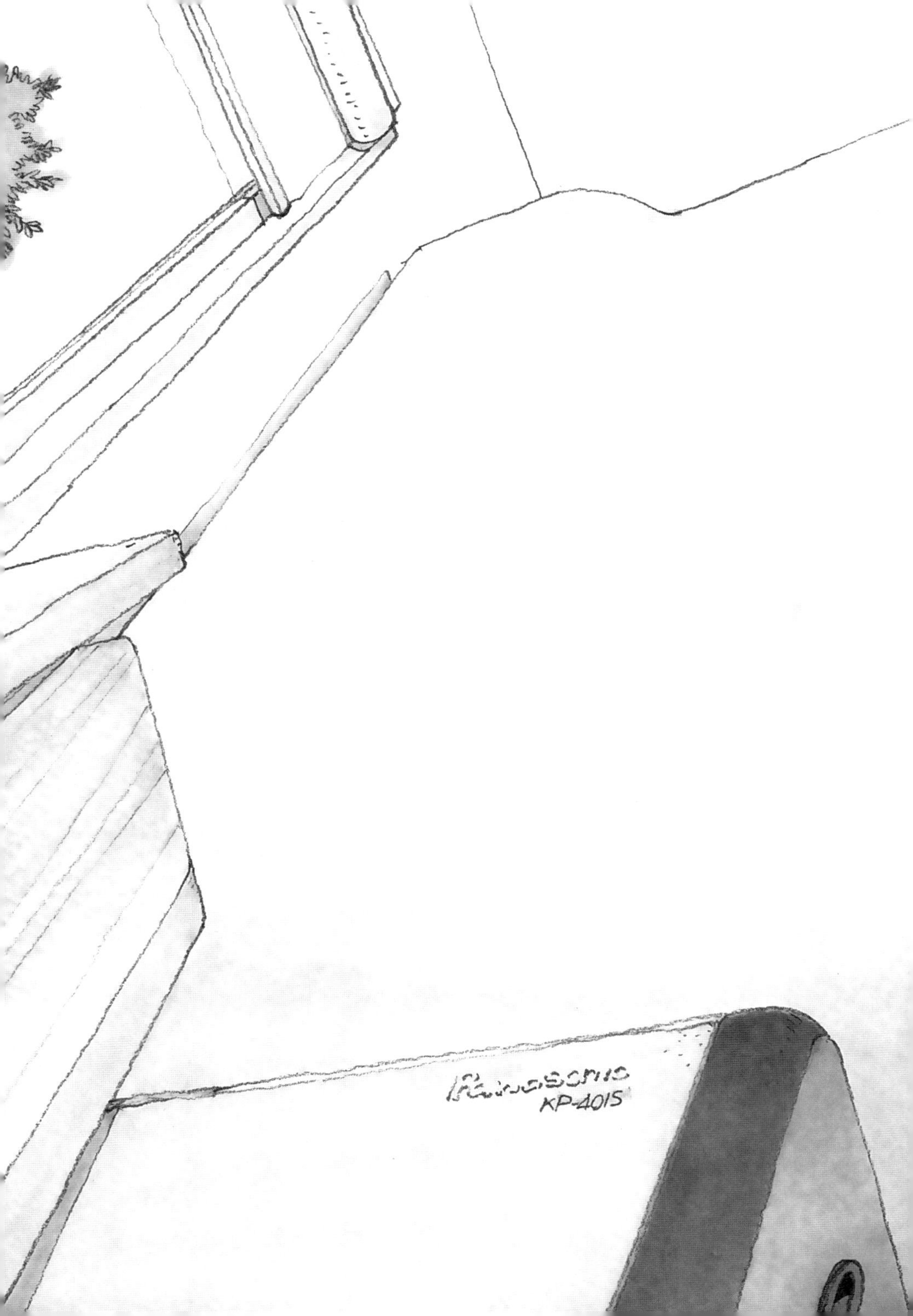
Panasonic
KP-401S

そして、二《に》どばかり　はずんで、
また　つくえの下《した》に　ころがりこんでしまいました。
えんぴつ太郎《たろう》の　あたまのしんも、ぽっきり　おれました。
それだけでは　ありません。
せっかく　トランプのジョーカーに　かけてもらった
まほうまで、きえてしまったのです。

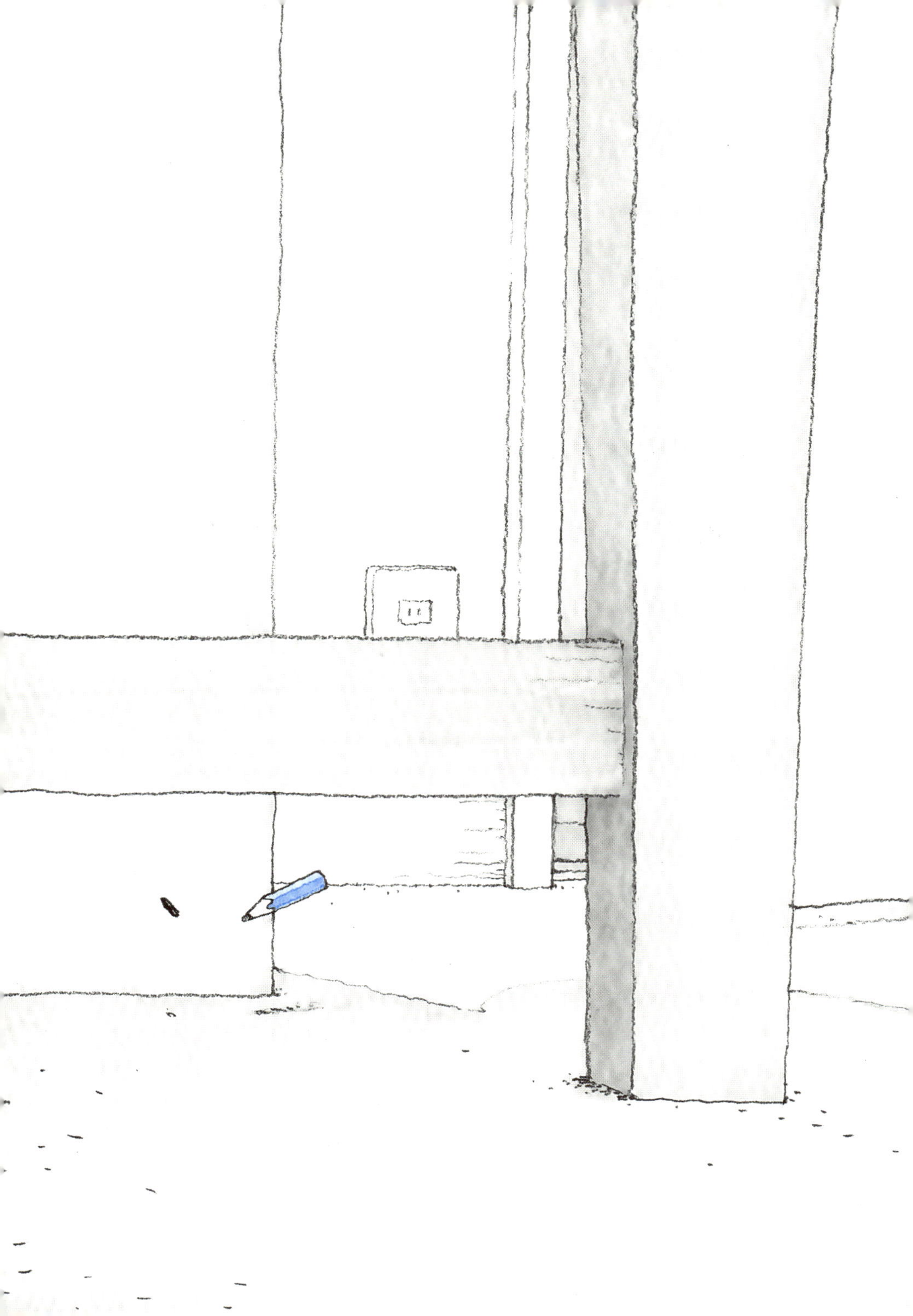

しばらくすると、そのトランプのジョーカーが、
また　とおりかかりました。
「おや、さっきのえんぴつに　よく　にた　えんぴつが　いる。
きょうは　よく　えんぴつの　ころがる日《ひ》だねえ。」
そんなことを　つぶやいただけで、
こんどは　もう　まほうを　かけてくれませんでした。

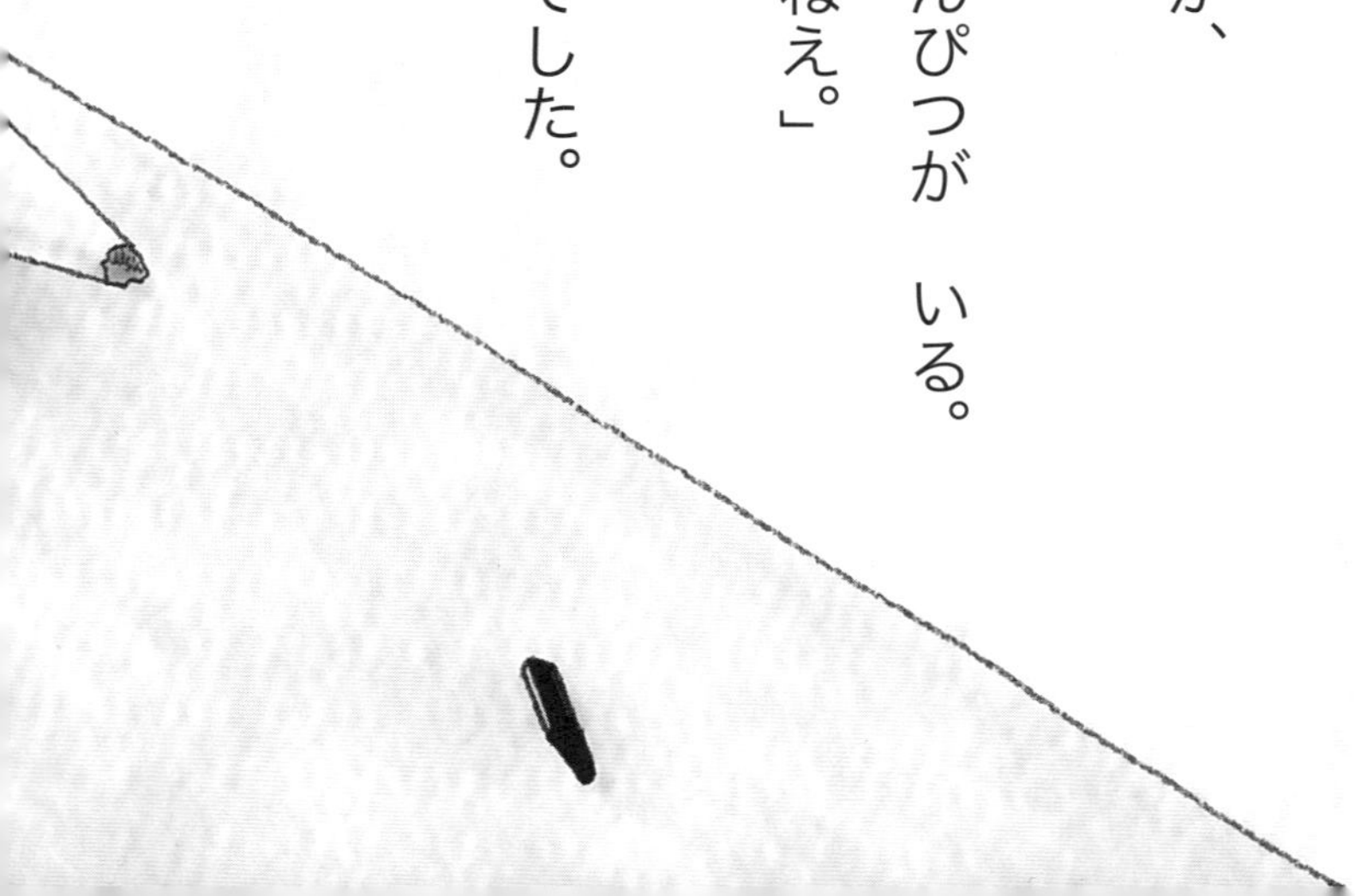

だから、えんぴつ太郎《たろう》は　ながいこと
つくえの下《した》のすみっこに、
そのまま　じっとしていました。
でも、ぼうやのおかあさんが、そうじを　したとき、
ひろいあげて　エプロンのポケットに　しまいました。
そのあと、おかあさんは　だいどころのほうちょうで、
上手《じょうず》に　えんぴつ太郎《たろう》を　けずって、
ちゃだんすのひき出《だ》しに　しまいました。
そして、ときどき　「パン百円《ひゃくえん》」なんて、
えんぴつ太郎《たろう》を　つかって、小《ちい》さなノートに　かいています。

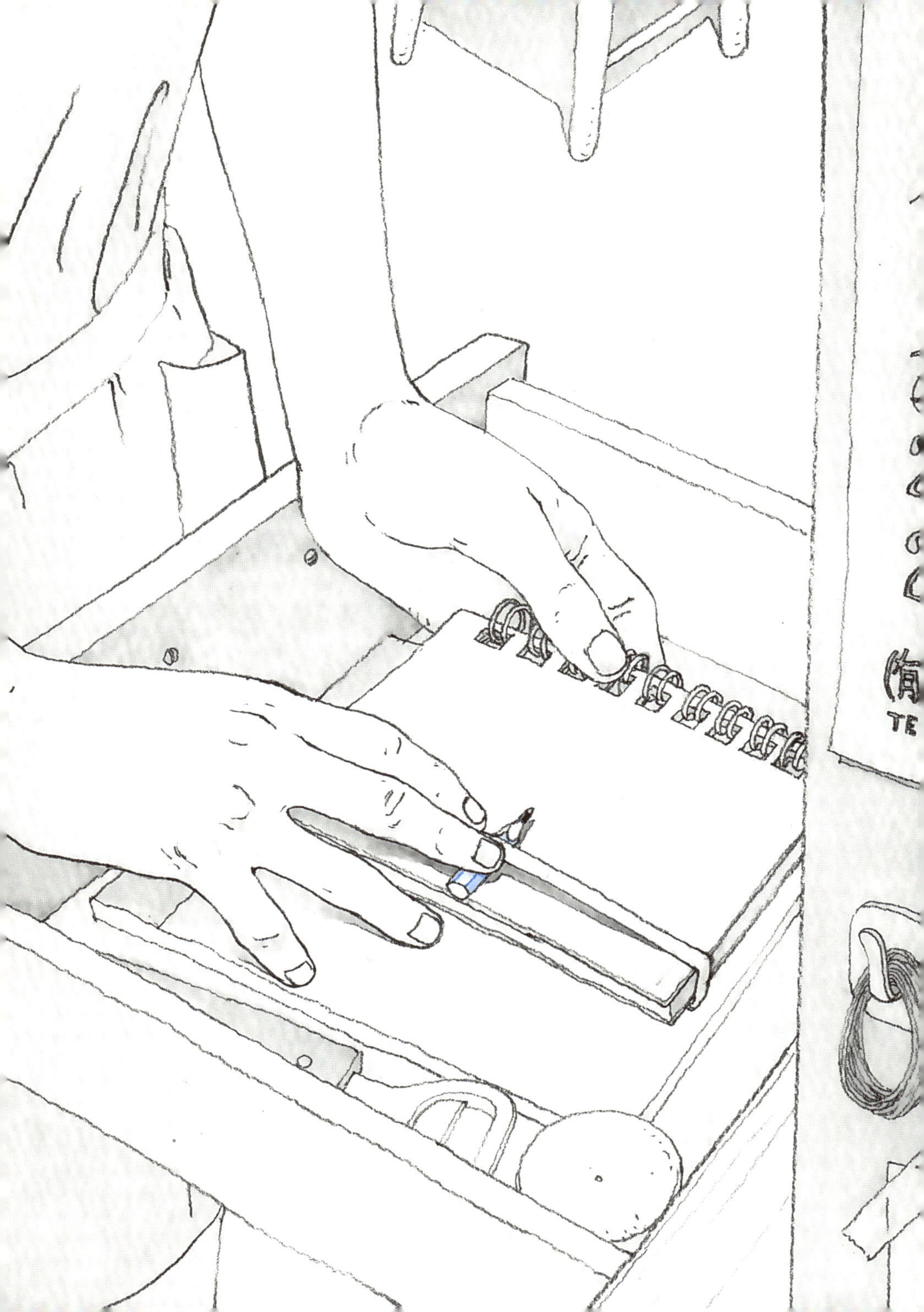

ところで、こぶたのゆびにんぎょうのために、
えんぴつ太郎《たろう》が　かいた手《て》がみは、
ぶじに　ぼうやへ　とどきました。
　ふしぎそうなかおを　して、
手《て》がみを　よんだ　わすれんぼのぼうやは、
すぐに　とだなの　一《いち》ばん下《した》のとを　あけてみました。
　そして、大《おお》ごえで　さけびました。
「あった！　こいつ、こんなところに　かくれていた！」

OKA MOTO JUN

作者／佐《さ》藤《とう》さとる

1928年神奈川県生まれ。『だれも知らない小さな国』刊行以来、ファンタジー文学の第一人者として活躍。著書に「コロボックル物語」シリーズ（講談社）『宇宙からきたかんづめ』『机の上の仙人』（以上、ゴブリン書房）『オウリィと呼ばれたころ』（理論社）ほか多数。2017年没。

画家／岡本《おかもと》 順《じゅん》

1962年愛知県生まれ。絵本に『きつね、きつね、きつねがとおる』『ぼくのくるま』（以上、ポプラ社）、挿絵に『狛犬の佐助』（ポプラ社）「佐藤さとる幼年童話自選集」（ゴブリン書房）ほか多数。

おはなしのくに

えんぴつ太郎のぼうけん

2015年 3 月15日　初版第1刷発行
2023年12月 8 日　　　第2刷発行

作　者　佐藤さとる
画　家　岡本 順
発行者　西村保彦
発行所　鈴木出版株式会社
〒101-0051　東京都千代田区神田神保町2-3-1
岩波書店アネックスビル5F
電話　03-6272-8001（代表）
FAX　03-6272-8016
振替　00110-0-34090
https://suzuki-syuppan.com/
印　刷　株式会社ウイル・コーポレーション
装　丁　丸尾靖子

NDC913　64P　21.6×15.1㎝
ISBN978-4-7902-3307-7
乱丁・落丁本は送料小社負担にてお取り替えいたします。
この作品は、『えんぴつたろうのぼうけん』（講談社　1976年）を基にし、
絵を新たにして出版したものです。